Editora Appris Ltda.
1.ª Edição - Copyright© 2023 dos autores
Direitos de Edição Reservados à Editora Appris Ltda.

Nenhuma parte desta obra poderá ser utilizada indevidamente, sem estar de acordo com a Lei nº 9.610/98. Se incorreções forem encontradas, serão de exclusiva responsabilidade de seus organizadores. Foi realizado o Depósito Legal na Fundação Biblioteca Nacional, de acordo com as Leis nos 10.994, de 14/12/2004, e 12.192, de 14/01/2010.

Catalogação na Fonte
Elaborado por: Josefina A. S. Guedes
Bibliotecária CRB 9/870

O482c
2023
	Oliveira, Cristina Lima de
	    Capacetinho verde : uma aventura espacial / Cristina Lima de Oliveira; ilustrador Gabriel Lima de Oliveira. - 1. ed. – Curitiba : Appris, 2023.
	    16 p. : il. color. ; 23 cm.
	
	    ISBN 978-65-250-3797-4
	
	    1. Literatura infantojuvenil. I. Oliveira, Gabriel Lima de. II. Título.
	
	    CDD – 028.5

O selo Artêrinha foi criado por Renata Miccelli em parceria com a Editora Appris.

Editora e Livraria Appris Ltda.
Av. Manoel Ribas, 2265 – Mercês
Curitiba/PR – CEP: 80810-002
Tel. (41) 3156 - 4731
www.editoraappris.com.br

Printed in Brazil
Impresso no Brasil

Cristina Lima de Oliveira

Ilustrador Gabriel Lima de Oliveira

CAPACETINHO VERDE
UMA AVENTURA ESPACIAL

FICHA TÉCNICA

EDITORIAL	Augusto V. de A. Coelho
	Sara C. de Andrade Coelho
COMITÊ EDITORIAL	Marli Caetano
	Renata Cristina Lopes Miccelli
	Andréa Barbosa Gouveia - UFPR
	Edmeire C. Pereira - UFPR
	Iraneide da Silva - UFC
	Jacques de Lima Ferreira - UP
SUPERVISOR DA PRODUÇÃO	Renata Cristina Lopes Miccelli
ASSESSORIA EDITORIAL	Nathalia de Almeida
REVISÃO	Renata Cristina Lopes Miccelli
PRODUÇÃO EDITORIAL	Raquel Fuchs
DIAGRAMAÇÃO	Jhonny Alves dos Reis
CAPA	Sheila Alves
REVISÃO DE PROVA	Bianca Silva Semeguini
ILUSTRADOR	Gabriel Lima de Oliveira

AGRADECIMENTOS

Ao meu filho Gabriel Lima que deu vida as personagens com suas ilustrações.

UM DIA, SUA AVÓ DEU DE PRESENTE PARA ELA UM CAPACETE DE ASTRONAUTA VERDE. ELA GOSTOU TANTO DO PRESENTE QUE USAVA O TEMPO TODO, POR ISSO TODOS A CHAMAVAM DE CAPACETINHO VERDE.

— CAPACETINHO VERDE, VÁ ATÉ A LUA E LEVE ESTA MALETA COM SUPLEMENTOS PARA SUA AVÓ. ELA ENVIOU UMA MENSAGEM DIZENDO QUE ESTÁ UM POUCO DOENTE, ENTÃO PREPAREI UM KIT. SUA AVÓ AMA ESTES SUPLEMENTOS. MAS, CUIDADO COM O LOBO ESPACIAL, PEGUE O FOGUETE E VÁ DIRETO PARA A LUA.

— PODE DEIXAR, MAMÃE, NÃO VOU FAZER NADA DE ERRADO NA MINHA PRIMEIRA VIAGEM À LUA.

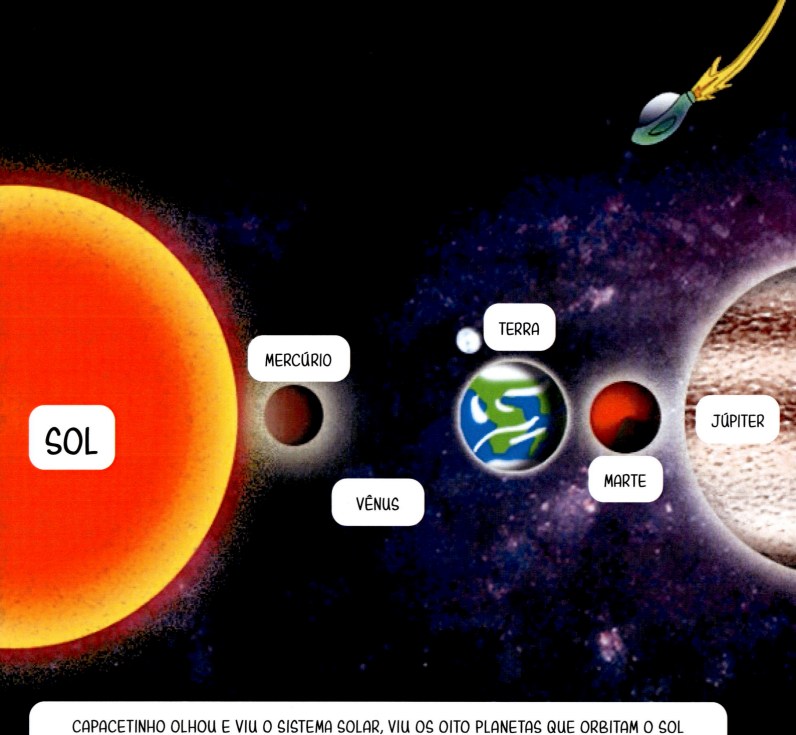

ELA LEMBROU QUE, ATÉ 2006, PLUTÃO ERA UM PLANETA. ATUALMENTE, ELE É CONSIDERADO UM PLANETA ANÃO.
FANTÁSTICO TUDO O QUE ESTAVA VENDO. FICOU MUITO TEMPO "NO MUNDO DA LUA", OU MELHOR, NO "MUNDO DO SOL". MANOBROU SEU FOGUETE NA VELOCIDADE DA LUZ RUMO À LUA. QUANDO CAPACETINHO CHEGOU À BASE ESPACIAL DA VOVÓ, PERCEBEU QUE O LOBO ESPACIAL, CHORANDO MUITO, ESTAVA LÁ.

CAPACETINHO FALOU:

— TUDO BEM, MAS ANTES PRECISAMOS FAZER UMA LISTA DO QUE VOCÊ QUER CONHECER EM CADA CONTINENTE. VAMOS USAR O SUPERCOMPUTADOR DA VOVÓ, E ELE VAI NOS MOSTRAR COMO É CADA UM. DEPOIS, VAMOS DESCER PARA A TERRA.

O LOBO, MUITO FELIZ, DISSE:

— ÓTIMA IDEIA, CAPACETINHO! EU TENHO TUDO ANOTADO, LEIA E ME DIGA O QUE VOCÊ ACHA.

CAPACETINHO VERDE PEGOU A LISTA DE DESEJOS DO LOBO ESPACIAL E COMEÇOU A LER EM VOZ ALTA:

— EU QUERO VISITAR O CONTINENTE ASIÁTICO E CONHECER CATAR. DEPOIS, EU QUERO VISITAR A OCEANIA E CONHECER OS CANGURUS! ENTÃO, EU QUERO IR ATÉ A ÁFRICA E CONHECER AS SAVANAS. DEPOIS, QUERO IR PARA A EUROPA E CONHECER PORTUGAL. EM SEGUIDA, AS AMÉRICAS! NA DO NORTE, EU QUERO VISITAR A NASA E, SE POSSÍVEL, DAR UM PULINHO NO POLO NORTE DAR UM "OI" PARA OS URSOS POLARES. NA CENTRAL, EU QUERO VISITAR ONDE SE LOCALIZAVA A CIVILIZAÇÃO EXTINTA MAIA. POR ÚLTIMO, NA AMÉRICA DO SUL, QUERO MORAR NO BRASIL, NO ESTADO DE SÃO PAULO, EM UMA CIDADE CHAMADA OSASCO, NO BAIRRO SANTA MARIA, E QUERO VISITAR UMA ESCOLA CHAMADA MESSIAS GONÇALVES DA SILVA. QUERO ENCONTRAR MEUS PARENTES BRASILEIROS. AH... FALTOU SÓ UMA COISINHA! QUERO IR NA ANTÁRTICA, VISITAR OS PINGUINS.

— MUITO BEM! — DISSE CAPACETINHO VERDE — VAMOS LÁ!